現代歌人シリーズ
18

去年マリエンバートで

Kazukiyo Hayashi

林 和清

書肆侃侃房

去年マリエンバートで ＊ 目次

第一部

第二部

カバー写真・装幀　間村俊一

去年マリエンバートで

第一部

紫だちたる

あけぼののやうやうしろき山際を見つつリビングに朝の茶を喫む

雀が多いなあ駅までの距離にまたちやいろまだらのかたちがはねる

千本の卒塔婆が風に鳴る道を行きぬ北へとながい傾斜を

虫襖《むしあを》といふ嫌な青さの色がある暗みより公家が見詰めるやうな

ふりむけば落武者ばかり群れてゐた芙蓉の寺のぬかる庭土

ああここは沼だつた地だしんしんと湿気を含む夜の底ひの

母方の曽祖父母祖父母夜を来て月の屛風を踏み倒しゆく

京都というのは一つの都市のことではなく、何かその奥にある精神体のことをさすのではないかと思う。京都市に居ても京都だと思わないこともあれば、ふとした瞬間その場所から濃厚にたちのぼる気配が、まぎれもなく京都だと感じさせもする。いま住むマンションからは、東山三六峰、比叡山から稲荷山まですべてひと目で見わたせる。しかし、あるときあの巨大な比叡山がまったく見えないことがある。目で見るものは時にまた不確かなものでもある。

「居住空間としての京都」現代短歌

釣鐘まんぢゆう

関西のひかがみのやうな町を見る近鉄の滅茶ぼろい駅出て

この冬は残念石を見て歩く大阪のぽつくりした曇天の下

魚屋の田中与四郎さきのこる朝顔に雪降るを見てをり

色のある夢しか見ないろくぶてと妹がいふその赤き唇《くち》

遠い日の釣鐘まんぢゆうよう鼻血出す子やつたと今も言はれて

結局は前歯の記憶しか残らないやや黄ばんだ歯で笑つてゐた人

死んでない人のことを想ふ日もあれば欅がまた葉を降らす

見てる間に膨らんでくる月もある初老呼ばはりされる寒の日

庭先のまるい日向にまどろめる明治を知つてゐるやうな猫

鮫人《かうじん》は泣きやすきもの葉のふるへ雲のただよひにさへ床を濡らす

鮫人の涙袋に蔵はれた無尽の露　今日の時雨をうたがふ

泥まみれの人間が湧いて湧いてくる穴ぼこ殖えてゐるやうな冬

暗号の書かれた電車がすべりこむ駅のホームの急な寒さに

他人の鼻血が非日常色に散る現場見てまた人は寒空を急ぐ

死んだ父に嫌はれるといふけつたいな思ひがよぎり寒夜すぐ消ゆ

ご遺骨をダイヤモンドにいたします明日は雨のち雪になります

東京臓腑

座つたら二度と立てない気がしてたポプラだらうか雨を呼ぶのは

一週に二日休む人七日休んでゐる人凭れるその木はいかなる木陰

月島へ乗つたタクシーしばらくは話合はせて東京人でゐる

浚渫船がずるずる引き摺りだしてゐる東京の夜の運河の臓腑

運河から上がりそのまま人の間へまぎれしものの暗い足跡

雑踏をぐらぐら人の流れゐる川と見てをり夜の塔より

曳舟《ひきふね》の駅まで歩く月の道はぢかかやくといふ古語よぎる

すこし前の映画ポスター《『利休にたづねよ』》生者らにまじりてひとつ死者の顔ある

おそらくは死に至る病気の顔だらうくすんだ膚に眼だけが光る

ポスターが貼られるかぎり死者はゐてそこだけが人の目をひきつける

日本橋の麒麟の魔像つばさより前脛骨筋のリアルを怖る

花を見て歩きすぎたか水つぽい臓腑を容れた体が重い

楽しくてたまらぬといふ身振りして花ふぶかせる風の中の樹

夕闇が襖のやうに降りてくる品川までの駅すぎるたび

再来年くらゐに会はう（または後世）恵比寿の破れたビルの前にて

あと数枚

帰路ののぞみの重いにれがみしばらくを楊枝に刺してちさきしうまい

思ひ出さない努力をやめて車窓より昼なら富士が見えるあたりを

木曽川長良川揖斐川とわたりつつ途中のひくい川の名をしらず

いつも歌ができる時間がある塔で線路のまがる夕刻のあたり

「荒神橋は渡らぬ」といふ古い言ひ回しささくれほどの痛みを残す

犬死をしたものは犬として生きるヱノコログサの野辺にまみれて

もう来ることはない家なのだリビングにチワワわななくわななくをる

夜の道に呼ばれてふいをふりかへるそこには顔があまたありすぎ

地球から見れば神であり友である月から見ればこれは何なる

奇麗ナ雲ノ流レネと言つた女は誰だつたか夜に髭をぬきつつおもふ

歌会のさなかに人の死の床を見舞ひたる景がうかびぬ誰の

そこには何もないと知りつつ探しに行く類語あるいは冬のヒラタケ

遊子なほ残月を行く、と口にして結論へ向けあと数枚を

生家跡の柿の実

給水塔下のわづかな陽のすすき　貧しさも佳し過去形なれば

みんな父を母を老いしめ……老ゆといふ語の使役法かんがへてゐる

代りに老いてやることできずぐさぐさと落葉のたまる舗道を踏みぬ

死と隣りあふものみちて花野ありすすきぼろぎくあきのきりんさう

泥沼にはまるのではなく臑《すね》がもう泥になつてゐるのだ、気づけば

近江・石馬寺

待たされて石になつた馬がゐる待たせたのはわかき廐戸皇子

頭重く邦雄少年ものぼりたる石段を這ふ雨後の黒霞

五個荘・川並

歓声をあげる遺児《エピゴノイ》たち生家跡の百坪ほどのアスファルト見て

郷土料理「納屋孫」

床の間の色紙に未見の歌ありぬ遺児《エピゴノイ》たちが読むとおもつただらうか

塚本邦雄はサル年だつたといふ話題　鯉の甘煮の骨吐きながら

呼子鳥とは猿の啼く声だつたかな変らぬ繖山《きぬがさやま》の稜線

姪御さんに会ふ

「邦雄叔父さん」とその人は呼ぶその手からひとつしか生らぬ柿の実を賜ぶ

柿の花それ以後の空うるみつつ……

たちまちに幻聴は去り手に残るのど骨のやうな堅い柿の実

複雑に空がうごいて近江といふ水に鎖《さ》された秋の日を成す

いつの日雨の近江に果てむ

塚本邦雄郷里・近江商人発祥の地

能登川《のとがは》とはひどく旅情をそそる名だ京からわづか半時の駅

水張田は近江の空の平たさを映して稲の侵略を待つ

ぼたぼたと牡丹桜が灯りをり無尽の水のせせらぐ上に

歩くたびそこが鳥立ケ原《とだちがはら》になる鴨が立ち鷺が立ち鶺鴒が立つ

「左あづち右えちがは」の石標は意外にあたらしい肌理《きめ》をさらせり

景清道《かげきよみち》は陰京道《かげきやうみち》かもしれぬこと　めしひ景清が京へのぼりき

天に鳴き落ちて鳴くまたリルリルと雲雀さへ餌を食むときは黙る

頭蓋大き邦雄少年枇杷食ひてヰタセクスアリスにぢんと居たのか

寿老人《じゅらうじん》の役を賜びしもその大き頭蓋のためかこの学び舎に

いつもろくに地図見ぬわれはすぐ迷ひ幸運の女神率ゐて歩く

野をよこぎり鳥の領域に踏みこんだ警戒音と威嚇、脱糞

見たことのない白い鋭い鳥だつた勝手に鳧《けり》と名づけておくが

みちのくの黒い墓石

さくらばなひとつびとつは蔵でありむかしのひとの名前を蔵《しま》ふ

はなびらが髪に肩に降りかかり車座のわれら誰より病む

夜桜の青い冷えのなか酔ふ女を死にゆくもののやうに見つめる

この嫌な感情の置き場所さがしつつ蕊ばかり目につく桜を歩く

ゐぐられる川岸だつたそれ以上言ひあへば壊れる夜が来てゐた

うすいグラスにいつも危機はありいまは逢ふ前の君に救はれてゐる

酸化する林檎がひとつ遠き日のせうぢよであつた君の噛み跡

詩歌文学館「塚本邦雄展」

北上の五月よかつて師は言ひきたましひと風はおなじ語源と

碧川瞬《みどりかはしゆん》、火《ひ》原翔《はらしやう》ほか使ひ分けた変名のひとつ「新本《あらもと》きくゑ」え？

雨霽れてああ三百の雫する杉原一司忌の桐の花　『詩魂玲瓏』塚本邦雄

杉原一司と逢ひたい！　といふ塚本の晩年の叫びしづくする文字

目を鎖せばいつも還つて行つたのだらう五歳下の美丈夫のもとへ

水張田のぎんいろのなかみちのくの黒い墓石の群がりも見ゆ

浩宮

おなじころ昭和に生まれ平成を生きてはるかな川の彼岸を

外つ国の王夫妻を独りで歓迎せしその葉ざくらの笑顔ましろき

感情の脈搏なき人と思ひしがあるとき黒い煤を吐きたり

柏原芳恵のもとにまだ薔薇は咲いてゐるらしい死体のやうに処理され

2ちゃんねる　オカルト板

「皇太子」と打てば「怖い話」と表示される　東宮御所はひと日薫風

万愚節のうそにまぎれる悪意ひとつ忘れぬやう春の附箋を貼つて

宮内庁ホームページにはスケジュールが記載されている
「ご会釈」が今日のご公務もしかしたら最も辛い日を過ごすのか

個室居酒屋でずっと話を聞いてみたいお湯割りの梅を箸で突きつつ

お湯割りの梅がぐづぐづになるころに何を語るか遠い夜明けか

高貴な人は誰も自由を欲してゐる――といふ嘘『ローマの休日』以来

陽を孕む牡丹ざくらよ彼《か》の世にはあとどれほどの快楽《けらく》があるか

やすみししわが大王とわれは詠まむ傷ついたひとりの壮年のために

寒い春の訃

寒い電車に乗つてゐたんだ冷えきつた鼻が他人のもののやうでさ

なぜ自分は無傷なのかとおもふとき三月の空また雪が降る

ああこんな真昼の風がどれほどの鬱のゆふべを運んだだらう

安心と不安を同時にもたらして夜の言葉は真鍮のてかり

遅れてもいつかは咲くと紅梅のちからを頼むすこし座らう

耳だけがめざめてゐたと廃線にいつかくるはずの電車待ちつつ

佐々木実之他界

突然の訃報のあとは茫茫と運ばれた蕎麦を見つめてゐたり

いくつもの場面がゆれてテーブルに雫がおちた　笑ふ実之

実之がまたなにか思ひついたらしい体揺らしながら駈けくる

会へばいつも生命の濃い陰翳《かげ》がさす実之のことばは鎮石《しづし》
ゐないけどいつもゐるのだこれからは永久凍土のやうな記憶
まだ雪は降るのだらうか青森の梅内美華子のうすい屋根にも

空の骨

父はやや窶れて来たり微笑みのまま棺にねむる死後二日めに

喪主として立つとき見ゆる海のごと読経の波の寄せかへすさま

いまなにか言はれれば涙が止まらないだらう氷河が海にくづれる

西空の背骨を見たり父の身を火に葬りたるのちの日暮に

あたらしき寡婦となりたる母は死の顚末語る寡婦の友らに

髪若く声ふとかりしころの父を見て目覚めたり死後十一日め

もちろん夢を見たのは自分　父が夢に通ってきたわけではないが

四十八歳にて死す

人間五十年に足らずに果てし火の中に織田信長の見つからぬ骨

生涯不犯もカリスマのうち雪の夜の厠にて倒れし上杉謙信

十二箇月胎内にゐて生まれしとふ聖徳太子死はすみやかに

ただ一作のために生まれて逝きしひとマーガレット・ミッチェル口紅真つ赤

「騒きののしりかしましき世」と大正二年辞世に詠めり伊藤左千夫は

酒に死すとはかかる無残な相貌の映像遺すこと河島英五

まだ納得できぬ不可解な水死事故太地喜和子の濡れた黒髪

寺田屋事件のあとは即座に血まみれの畳替へ客を迎へしお登勢

律儀なほど悪人顔のアル・カポネは四百人殺しベッドに死せり

結核が性欲を亢進させるとふ俗信ありき堀辰雄はいかに

ハーヴェイ・B・ミルクを撃ちし弾丸がクローゼットを開いたのだろうか

『もののけ姫』作画近藤喜文四度目の寅年に死すその顔は知らず

寅年が来て、四十八歳になった。二十代の頃、中堅歌人の集会で「ボクは中年にはならない」と発言して顰蹙を買ったが、自分では中年になったつもりはない。ただ十分に年を取っただけだ。満四十八歳で死んだ偉人を集めた。無念の死か、それとも満足の死だったたか。自分ならどうか。

「寅年の歌人」短歌往来

第二部

八瀬童子

八瀬童子の目鼻口耳だんだんにあらはれてくる夜の中より

冷えた手だと思ふすこし濡れた手だと思ふ八瀬童子の手指を

夢に見るほど鮮明な姿ではなくただ垂れ下げた髪がその証し

童形はいづれの縁《えん》にも属さぬことそこにゐて不意に姿成すこと

大海人《おほあま》の矢傷を癒したといふ故事の名残りが「癒背《やせ》」の由来といふが

確実なのは後醍醐の輿《よ》を舁いたこと叡山へ逃げるやぶれかぶれの輿

大童《おおわらは》が夜を動けり叡山のぬめる岩を越えすべる朽葉を踏み

角を持たぬ鬼の子孫といふことの盗汗《ねあせ》にまじる苔のにほひを

瓢箪崩山《へうたんくづれやま》は冬の湿度に暮れてゐて、誰かが呼んだ鬼ヶ洞より

気がつけば背後ひたひた気配して唐突に荒い息がかぶさる

❖

足音に呼応して寄る鯉たちの水面にぶらさがるくちくち

くひちがふ会話の端に見えてくる記憶の池に石を投げこむ

「馬は夜に飼へ」とのことば耳に来て星が流れ流れてやまず

探梅に行つたきりだといふ話きかされつつ砂のゆふぐれとなる

つくられてゆく記憶のさなか雪の夜の馬もむかしの友ならなくに

「むかし八瀬にクジラがいた」というと、たいていの人は一瞬おどろき、そのあと嘘だと否定する。海のない京都に水族館ができたことでさえ話題になったのに、そのさらに北、大原へぬける山道のどんどんせまく行き詰まってゆく感じの八瀬に、なんでクジラがいたのか、と。

わたしも記憶はあいまいなのだ。ただ、巨大な魚や深海の映像になんともいえぬ生理的な怯えを感じていた子供のころのわたしにとって、山あいの木々にかこまれた地で、暗い水のなかをのたうつように泳ぐクジラを見た恐怖だけは、ぬぐいされないものとなったのだ。その暗い水の上には橋が架けられ、クジラが泳ぐ上を歩めるようになっていたような気がする。わたしは足がすくんで歩めなかった。クジラの白いような灰色の肌がうごめいていたのだけははっきりとおぼえている。

クジラはいつごろいなくなったのであろうか。いや、なぜ八瀬にクジラがいたのだろうか。大方のことが調べればすぐにわかるようになったこのごろでも、わたしはなぜか調べずにいるままなのである。

「京大短歌」二十号

沈黙の黒い犬

作戦名「砂漠の嵐」あの日よりもの言ふ口に砂塵が混じる

サダムにもウサマにも顔がついてゐた今は顔なきものら寄りて〝国〟

人と人の間に巣食ふ気配があり生臭く夜の樹木がそよぐ

どこかでシフト変へた気がするともかくも年が去りまた淑気凛凛

ヘイトを叫ぶ人、叫ばない人どちらにもあるのだ暗く凍る泉

排水溝がごくごくと飲む残されて期限の切れたポカリスエット

沈黙のなかに棲みつく黒い犬を見ながら話す、いや話さうとする

石と砂の地にも春はあるのだらう生きても死んでも埃まみれの

春が来るよろこびをわかちあへるなら夜気がふと薫る時があるなら

もうゐないことに慣れてくるやうに荒野歩くやうに街路歩くやうに

おまへから征け

遠く見えた火がこんなにも近づいて不眠の夜の湿の手触り

若者はみな死ぬべしと或る人は思ふものらし夜の雨足

征くならばおまへから征け声にしても夜のそとがは雨のうちだは

ひぐらしがゆるゆると鳴く生きてゐる親が死にたる親を拝《おろ》がむ

性悪説もわりきれば良しダリアから生まれた赤子地に満ちてゆく

死ぬ人の歌のはうが身に刺さるとうからとうから秋の実が落つ

無尽蔵

そんな夜が幾度かあつた気がすると灯火を暗い布でつつんだ

あれほどの憎悪をどこから沸かせたか日本の家はめらめら燃える

善も悪もみんな燃やせば簡単だアメリカの洗濯機はごつつう廻る

犬も焼けた猫も焼けた仏像も墓も卒塔婆も焼けた

按摩さんの体もご隠居の体も棟梁の固い体も焼けた

隅田川に逃れたひとは助からなかつた鰓鰓一面の鰓鰓

永代橋をわたれば向ふは真つ平ら焼かれた跡はただ真つ平ら

昨日まで富岡八幡宮だつたところ黒い地を痩せたこむらが歩く

「日本人を殺すことについてたいして悩みはしなかつた」カーチス・ルメイ氏談

ルメイ氏に勲一等旭日大綬章を授与――したのは小泉純一郎の父

残されたものにとつていつまでも失つた昨日は無尽蔵のちから

今もきつと同じ夜を巻きもどす時は粗い画質のフィルム

雨を見るとかすかにうづく記憶がある あの傘はまだどこかにゐるか

二重張りの重い雨傘あたたかな栗の木の握りの雨傘

また雨が来るもみがらを焼いた田のふすぶる煙にまた雨が来る

荒らかな季の風に揉まれて

ペン立てに見慣れぬ春の枝がありいまだ書かれぬ文字をいざなふ

壮年の力学は胃にこたへつつビルとさくらを同時に見上ぐ

見たことのない鬱の景色がかたはらに展けゐてビルの奥の細道

白いものを神は喜ぶすてられた奉幣のやうな辛夷の最期

町工場のトタンのちからトタンとは春の景色を砂漠に変へる

響けるは春のリエゾン　尼崎すぎれば芦屋うたがひもなく

からつぽな旅行をしたことがあつた日常よりはやや濃密な

いや、日常にも緩急がある電車着けば全弦合奏《コーダ》は果てて拍手の万雷

そろそろ躑躅発疹のころじんわりと魔が刺すやうな靄のおとづれ

みんな自分を贔屓目に見て生きてゐる鏡は銀とガラスでつくる

五月、自分をあなどつてはいけない五月、自分がどれほど恐ろしいかを

自分を癒し自分をなだめ自分を騙しそれでも自分はふいに裏切る

ふりきつてもふりきつてもくる靄がある五月初旬黄金の日日を

幸福でありつづけなければならないとそもそこからが不幸の証し

あまりにも躁の時間をすごしてきたたつぷりとある鬱の時間は

かういふときに人は死ぬのかビル街の黄金の日日の無人の真昼

ペン、ペンシル、ポイズンそのあと有耶無耶にスープは五月の緑を湛へ

頭のない釘

ゆるいアイスに匙挿しながらあの人も死んでよかつたなどと言ふ口唇《くち》

歌人ていふ嫌なくくりだこんなにも君と俺ではちがふぢやないか

理解《わか》りあふといふのは映画のワンカット〝水に挿した青い花〟など

「タクシードライバー《スコセッシ監督》」のラスト五分は死んだあとの夢だよなんで気づかないんだ

「ゲーム《フィンチャー監督》」のラストも「宇宙戦争《スピルバーグ監督》」のラストもそうだ死にながら見る走馬灯だ

「シックスセンス《シャマラン監督》」と「アザーズ《アメナーバル監督》」の謎は観る前に気づいたしかし繰りかへし観る

越の国へ

旅に出れば旅の記憶がかぶさつてくるいくつもの時を旅する

魚が跳ねて水を飛び出る水浴のやうに空気で体を洗ふと

朝市に見た海月《くらげ》桶《おけ》たましひの塩漬けなどと言ひて寒がる

ひろすぎる座敷にふとん流氷の上に一夜をただよふばかり

時間がない車がない自転車の鍵がない！　夢にくるしむ畳寝《たたみね》の朝

駆けてゐたはずの足はもうすでに水を何度も蹴るしかなかつた

葬りたい場面のありていくたびも頭《づ》のない釘を石で打ちたり

〝越の白峰〟は胸元までを見せてゐて真しろき顔は雲に隠せり

旅がかさなる夢がかさなる目の前の瀧に記憶の水が落ちる

もうすぐ木婚式か

夫の座とはあまり聞かないともかくも座つた鞍心《くらごころ》あぢはふやうに

妻は夫を馬鹿だと言ひたがるもので豆の莢むきながら煮ながら

晩餐のさなか唐突に口ばしる赤絵の皿は血で描かれしこと

性欲を持ち越してゐる週明けの朝の車窓のあらくさの景

あかるく濡れた

太陽は出てゐて雨が降つてゐたあなたは答へを返さずにゐた

いやむしろ問はれてゐたのは俺だつた桜は咲かうと苦しんでゐた

問ひつのるほどに答へは遠のいて行くのだ空はほぐれだつ雲

結局はたがひに答へを出さないで背にひよどりのつんざきを聞く

雨はやむ気配へ動く街ぢゆうにあかるく濡れた道を残して

身体の一部のやうに苦しんで咲く花を見つ夜の穴より

十歩先に破滅が待つてゐたとしてそこまで歩まずにゐられただらうか
やり直すことができるかあの午後の亀が眠れる池へ戻つて
日蝕があつてもなくても永遠にもどらぬ一秒が積み重なるのだ

ゑのころが根ごと抜かれて死んでゐた人と人には悪意も絆

なんにもない川底の砂利さらふごとざくざく辞書の語彙を探るが

ドイツ鯉がぬめつて肌に寄り来ると梅雨の末期の雨を籠りぬ

夏雲が形にならぬ想ひ湧いて生きてることの粟《あは》の嚙み応へ

祈りのかたち

地図に見れば意外に胸のうすきところ東北の空いまなにが降る

くわんをんくわんをんくわんをんとひびくさくらさくらさくらとこたふ

冷えきつた両手に葛湯のちひさな碗がおかれたずつと黙りつづけた

生きてゐる人だけがしやべりつづけてるスタジオのしろいライトを浴びて

殺人のニュースがひとときき絶えてゐたそのことも記憶の瓦礫のひとつ

草は時に凶暴なほど繁り出す人のいとなみのあつた土にも

五臓ごつそりもつていかれた貞観の記録は「殆無孑遺焉」と結ぶ

北野天神縁起絵巻の終り茫茫と地獄もいつかほろびることを

祈りのかたちかへぬ手があり弥勒がくる五十六億七千万年後にも

貞観十一年（八六九）に起きた地震は、千年に一度の大災害であったといわれる。菅原道真が受験した国家試験に「地震を辨《わきま》ふ」という出題があったのも、震災をふまえてのことだったらしい。その後、東海・東南海地震も連動して起き、都でも大変な被害があり、米価が高騰し、政府はデノミを行うが失敗。備蓄米を大量に放出して、ようやく米価をおさえた。政府の狼狽ぶりがわかるが、右大臣・藤原基経はまだ有能なほうの政治家だったともいえる。左大臣・源融は河原院に巨大な海水の池を造営し、都に塩釜の浦を再現して宴をひらいた。状況を無視した非道な話であるが、そのとき本物の塩釜の景はもう存在していなかったのかもしれない。貞観地震から日本人は、現世より来世に望みをたくすようになったという説もある。

「ことばは無力か」短歌研究

祈りの日日

壊れたものはしろい影になりましたそれからはもう途切れぬ声です

さはみづからの祈りなりけり――つぶやくは紫の上いや紫式部

源氏物語のなかで、紫の上が「さはみづからの祈りなりけり」とつぶやくシーンがある。光源氏がほかの女性に愛をわけあたえることに悩み苦しみつづけた日々をふりかえって、こうして悩み苦しむことこそが自分の祈りだったのだ、と気づいたときにふと出た言葉だが、あまりに重い。重いが、それを受けいれようとする強さもある。それは「祈り」ということばの持つ強靭な力なのかもしれない。

「希望のありか」角川短歌

暗いダリア

陽のあるうちから見てゐる空にひろひろと蝙蝠が闇を殖やしてゆけり

ぶつかりあふ電波に満ちてしづかなる車両の真中にたちあがる樹

「ダリアが恐かつたあまりに大きくて赤くて爛れてて」過ぎ去つた夏

人体のなかの砂漠の部分指せ三分たてば目隠しを取れ

目の端にひつじがゐるよ震へてる生まれたときから見てゐるひつじ

冬の雨のなかを走つてくる影ありいつしか人の骨を咬むもの

「携帯で死に顔を撮るそのはうがまちがつて消去したときに楽《らく》」

人間の廃墟が居りぬ自殺した友の葬儀にうすわらひ浮かべ

イチゴ畑でつかまへて

作詞／松村雄策

僕は苺畑へ行つて苺を全部潰してしまつた——そんな歌詞だつたか

人間には他人を死ぬまで傷めつけたい衝動があつて校庭の砂つぱら

あいつらはペンギンがゐれば腹を蹴りフラミンゴがゐれば首をへし折る

親が悪いその親が悪いその親の親が悪い　砂を喰はされれば酸つぱい

ちいさいひとがいくにんも座つてゐたといふジャングルジムの鉄の格子に

ブランコを漕ぐといふ語のさみしくてどこの岸へもたどりつけぬ

第三部

２４時間　～２００Ｘ年のある一日～

０：００　京都タワーが消灯される。

からうじて夜をささへてゐた白い燈《とも》しが消えて千年の闇

桓武平城嵯峨淳和この街をとりかこむ山が蠢きはじめる

尋常に死んだミカドばかりではない仁明文徳清和陽成

弑《しい》されたミカドがひとり目覚めてゐる諡《おくりな》に「徳」の字を携へて

光孝宇多醍醐朱雀いにしへはミカドの墓を山と呼びゐき

墓のなかにすつぽり日日をおくりつつ村上冷泉円融花山

賢帝一条、失明に怯える三条のあとは後のつくミカドのつづく

0：05　書斎にもどる。まだ寝るわけにいかない。

後一条後朱雀後冷泉後三条からみつく藤伐つたのは誰だ

摂関政治終焉のくだり書いてをり寒夜内侍《さむよのないし》また呼びだして

０：３０　藤原頼通８３歳、妻隆姫９３歳、娘寛子９２歳。

藤原の凋落はあつけなく来たり老人が死なない子供が産まれない

引き歌を探しあぐねて窓に佇つルビーライトが西へとつづく

パソコンの局《つぼね》のなかに住み古りし寒夜内侍よ智恵はあらぬか

煮詰まると目鼻が皮脂に溶けてゆくやうな気がする、扉はどこだ

1：25　「戦争が廊下の奥に立つてゐた」ぢやなくて

起きたのか　白いものを着て廊下に立つこのひとは夜の木蓮の花

眠つたまま注いでくれる一月の夜に冷たい生茶《なまちや》だけれど

唐突に扉はひらく　思つてもみなかつた艮《うしとら》の方向へでも

1：57　添付ファイルで送信

物書きのよろこびは原稿書き終へてあたりを片付けてゐるその時間

2：00　明日の講義メモを確認

丑三《うしみつ》刻は家のなかにも影が殖え空間識の仕様を変へる

自分を見る自分の気配にふりむくと廊下は冷えた空気の祠《ほこら》

2：15　就寝

このひとの寝顔は泉　夜の鳥がときをり水をついばんでゆく

粛粛と夜明けをいそぐひんがしの空と眠りのみぎはの脳と

くりかへし見る殺人の夢があるいつもはじまりは発覚の場面
ホワイトルームマジックマッシュルームルーム左脳は言語をさまよつたまま

7:50
エアコンのタイマーが入るしののめの微かに夢を毛羽立たせつつ

8：03　起床

朝夢に苦吟してゐた「冬麗の鏡のなかにある屏風」季重なりか

冬の霞、いや靄だらう目薬を点せば晴れゆく朝刊の文字

コーヒーの湯気のむかふに逆光の顔がある表情は見えない

8：40　家事が精神のバランスらしい。

気がつけばおなじところを磨くひと心凪ぐまでさせるのがよい

潔癖症と不潔恐怖症の分水嶺越えつつ塵ひとつないリビング

9：09

ほんのすこし病むひとをまた後ろ手に鎖して家を出る冬の晴れ

駅までは無味乾燥の二〇〇秒それでも風は季《とき》を嗅がせる

朝おりた露であらうか一輪に昔を溜めて咲いてゐる椿

9：13　ＪＲ嵯峨野線

不機嫌な人らを詰めて電車着く丹波霧の練り絹ぬけ来て

９：３０　ＪＲ東海道線

殺伐といふ形容は酷ではないこの路線は人を苛だたしめる

９：５０　数キロにわたる貨物線跡地

国鉄《こくてつ》野《の》とひそかに名づけし荒野あり青い駅員がふたり渡れり

そのほかはほとんど枯れた浅茅生だ引込み線の死んだ枕木

１０：２１　ＪＲ三ノ宮駅

神戸は人をあかるくさせる装置である十数年後の街見わたして

１０：３０　講義「百人一首の歌と生涯」第九番小野小町

いくつもの地で生まれいくつもの地で死せる美女あり否まだ死なぬ

業平は小町であり小町は業平である反藤原の皮膚の刻印

１２：００　講義終了

良い講義をつくる力の大半は受講者にある今日は首尾よく

この人らの記憶にわたしはよびかけるはつとさざなみ立つ時がある

１２：１５　ジュンク堂へ

書店に入る刹那よぎれり広島の焦土の本屋に入る塚本邦雄

古代地中海地方の農耕豊饒儀礼の名称
バラックの書棚に見つけふるふ手で塚本が取る『あむばるわりあ』
塚本は自然を詠まない詩人だつた花も鳥もみごとな彫塑だ
それは昭和23年のこと
〝自づから在るもの〟を否定し立ちつくす覆された宝石の朝に

12：45　移動は阪急で

駆け込みて息あらくゐる若者が野放図に空気変へゆく車輛

遠く海を車窓に見つつふと気づく目の端たしかに知つた顔がある

13：03　眠気が失せた

対面シートの顔のひとつが消息を絶ちし歌人と気づくまでは

引退するといふ特権を得るまでの道は誰にもながくてもとな

13:15　中津駅で下車、古い友人が開業したイタリアンレストランへ

過去が不意にもたらすものは容赦なく慣れない街をランチへ向かふ

バブルのころ初めて食べたパンチェッタもカッペリーニもサルティンポッカも

さうだわたしがしばらくゐたのはその場所だ裸木が光まとふ終夜を

やあやあと言ひつつわづかな空席を目で示す友、やはり髭面

貝のサラダとペンネのランチ美味だがさて、忙しい店を去る後味は

14：05　梅田へ

風に肌をさらしゆくときふと気づくイエスは若いマリアだつて若い

もう若くなくてよかつたゆふがほが冬に咲くそんなふうにも居られる

14：21　スタバがないドトールに入る

大阪の人らはみんな急《せ》いてゐる知らぬまに死にまた生きかへる

講義メモも本も手帳も開かない十分間、乳と蜜のながれる時

鉄骨が組みあがりたりそのままに人らもどらぬ冬空となる

14：46　今日何度目かのメールを送る

返信があまりに早い動きだす絵文字のむかふに不安が覗く

15：00　講義「源氏物語本文購読」

人の少ないナビオでここだけ賑ふと感謝されまた声ふりしぼる

光源氏の歌は下手だといふたびに受講者は沸くでもその苦《にが》さ

上手い歌をつくらなくてもよい存在、歌が下手だと生きられぬ存在

五十四帖七百九十五首の歌を紫式部つくりわけたりき

16：53　講義終了JR大阪駅へ

汚水臭はげしき梅田　鼻つまみはしやぐ中国人観光客一行

17：10　ホームに土鳩

目の前に惰気厚顔汚濁のかたまりが舞ひ降りて首をふりつつ歩く

17：15　すでにラッシュ

笞《ち》・杖《ぢよう》・徒《づ》・流《る》・死《し》のほかなる刑を想ひつつ吹田《すいた》すぎればまた国鉄野

茨木《いばらき》は鬼の名前だと気づく片腕を斬られたあの鬼の名だ

記憶はふいに逆流する

女からストールを借りて掛けたるが火であつた氷であつた嫌な葉であつた

片腕を外してここに置いておく夜のホテルの艶めくひかり

１７：４２　携帯から「神楽岡歌会」の詠草を送る

「失はれた十年」といふ船がある寄港地をすでに鎖されたまま

iPodに何を聴くのかいまここの世界が映らない少女の眼

１７：５５　ホテルグランヴィア京都で打ち合せ

「人麻呂終焉の地・石見を訪ねて」と題する旅の画策をする

企みはどこにもないが旅行社との打ち合せはふと密議の匂ひ

はじめての出雲、石見が見えてくるあかあかといま海に陽の没る

あれはどこだつたか

夏の縁《ふち》をなぞるやうに旅をしたぽくりと折れた半島の先

18:53　JR嵯峨野線

鮫《さめ》小《こ》紋《もん》の人が座つてゐるシート誰もかなはぬといふオーラとともに

梅小路公園に早や咲く花を見つけたりこれをも探梅とせむ

おびただしい郵便物も夕刊もそのままだ今日は出かけてないのか

１９：０５　帰宅

家の中でどこをさすらつてゐたのだらう東山から月がのぼる

１９：２３　着替の前にパソコン

数件のメールのなかに緊急がひとつある鰐がテラスに来てゐる

１９：３５　塚本青史氏に電話を入れる

曖昧を拒む資質はその父に消ていさぎよしわたしにはなき質

あへて怪力乱神を語らず散文家の魂ははた散弾にも似る

１９：４９　インターホンが鳴る

廃市より来たやうな男　配達の判子を請うて鷺の香はなつ

20:05　入浴

浴剤の葡萄酒のいろ想念はしばしをギリシャの海にあふれる

船が朽ちてそのまま島になりしとふ水夫は樹にマストは塔に

アフロディテの失くした腕が幾本も枝なす樹林いづくにかある

２０：３５　風呂が長いと叱られる
やうやくにテーブルにつく一日の澱はたやすき杯に溶けゆく

２０：４０　具沢山の味噌汁、水菜とリンゴと大豆のサラダ
酒呑まぬひとはソーダで饒舌になりつつすこし絡んだりする

「あなたがずつと前に失くした飼猫の生まれかはりよあたしは」といふ

二十七年前のクリスマスイヴの朝わたしのベッドで仔猫が生まれた
確かにさうだ
家出して二度と還らぬただあれはクルミといふ名の牡猫だつたが

２１：４５　寒くてもテラスに出る
寒月に遠く清水寺が見ゆ死者からもこちらが見えてゐるだらう

22：00　書斎へ

明日の講義に備へる与謝野晶子の矛盾に満ちた女性論のくだり

女性論に深入りする気はない、しかし晶子には寛が絶対だつたか

与謝野寛京都より衆議院議員に立候補せしが落選したり

「爆弾三勇士」の作詞懸賞に当選したり老大家の寛

23:28
あまりにも時空を行き来しすぎるのかふと見失ふ目の前の時

23:30
もうすこし待つてゐてくれ大急ぎで今日のこと忘れ空《から》にするから

いつまでの日を疑はずにゐられるか明日も朝がくる夜は終ると

２３：５９　まもなく京都タワーが消える

あとがき

前歌集から十二年ぶりになる第四歌集である。総合誌などに発表した作品を時系列にこだわらず編集した。エッセイとともに作品を依頼されることが多かったので、できるだけそのまま採録することにした。

第三部の「24時間」は、銅林社「ガニメデ」に小歌集として百首一挙掲載されたものである。その時からもすでに約十年がたつ。十年の間にはさまざまな事物が変化した。

東北での震災以降、京都タワーは午後十時に消灯されるようになり、最近また午前〇時にもどされた。国鉄野と呼んでいた広大な線路跡地は開発され新駅もできた。友人のレストランは閉店し、引退していた歌人は復帰された。

自分自身の生活は大きな変化もなく、仕事に追われつつ、充実した日をおくることができている。所属結社「玲瓏」の会員をはじめとして、「現代歌人集会」の理事の面々、関わる歌会のメンバーには常によい刺激を受けている。このことは感謝してもしつくせない。

特に、ともすれば消耗しがちなわが歌ごころに油を注いでくれるのは、「神楽岡歌会」で切磋琢磨することだと痛感している。あらためて感謝をささげたい。

縁があって田島安江さんから現代歌人シリーズへの参加オファーをいただいた。こんなことがなければ、なかなか歌集を編むことに時間を割こうとしない自分にとっては、まさに僥倖。

第二歌集の折に装幀をしていただいた間村俊一さんにこの度またお世話になることになった。歌集に美しい顔をあたえていただいたことを最高のほまれと思っている。

タイトルは、アラン・レネ監督による一九六一年のフランス映画から。男Xは、去年ドイツのマリエンバートで確かに会ったというが、女Aは記憶していないという。二人は会ったのか、会っていないのか、あいまいなまま記憶がつくられてゆく。

私自身、この映画をくりかえし観たような気がするし、まだ一度も観ていないような気もする。

二〇一七年パリ解放記念日に

林　和清

■著者略歴

林 和清（はやし・かずきよ）

1962年、京都市に生まれ、今も在住。
1991年、第一歌集『ゆるがるれ』（第18回現代歌人集会賞受賞）
1997年、第二歌集『木に縁りて魚を求めよ』
2006年、第三歌集『匿名の森』
そのほか、『京都千年うた紀行』（NHK出版）、『ここが京都のパワースポット』（淡交社）、『日本の涙の名歌100選』（新潮文庫）など。
現在、一カ月のカルチャー教室が50講座を突破し、限界を超えた。

「現代歌人シリーズ」ホームページ　http://www.shintanka.com/gendai

現代歌人シリーズ18

去年マリエンバートで

二〇一七年十月十五日　第一刷発行

著　者　林 和清
発行者　田島 安江
発行所　書肆侃侃房（しょしかんかんぼう）
〒八一〇・〇〇四一
福岡市中央区大名二・八・十八・五〇一
（システムクリエート内）
TEL：〇九二・七三五・二八〇二
FAX：〇九二・七三五・二七九二
http://www.kankanbou.com　info@kankanbou.com

DTP　黒木 留実（書肆侃侃房）
印刷・製本　アロー印刷株式会社

ISBN978-4-86385-282-2　C0092

現代歌人シリーズ

四六判変形／並製

現代短歌とは何か。前衛短歌を継走するニューウェーブからポスト・ニューウェーブ、さらに、まだ名づけられていない世代まで、現代短歌は確かに生き続けている。彼らはいま、何を考え、どこに向かおうとしているのか……。このシリーズは、縁あって出会った現代歌人による「詩歌の未来」のための饗宴である。

1. 海、悲歌、夏の雫など　千葉 聡　144ページ／定価：本体 1,900 円＋税／ISBN978-4-86385-178-8

2. 耳ふたひら　松村由利子　160ページ／定価：本体 2,000 円＋税／ISBN978-4-86385-179-5

3. 念力ろまん　笹 公人　176ページ／定価：本体 2,100 円＋税／ISBN978-4-86385-183-2

4. モーヴ色のあめふる　佐藤弓生　160ページ／定価：本体 2,000 円＋税／ISBN978-4-86385-187-0

5. ビットとデシベル　フラワーしげる　176ページ／定価：本体 2,100 円＋税／SBN978-4-86385-190-0

6. 暮れてゆくバッハ　岡井 隆　176ページ（カラー16ページ）／定価：本体 2,200 円＋税／ISBN978-4-86385-192-4

7. 光のひび　駒田晶子　144ページ／定価：本体 1,900 円＋税／ISBN978-4-86385-204-4

8. 昼の夢の終わり　江戸 雪　160ページ／定価：本体 2,000 円＋税／ISBN978-4-86385-205-1

9. 忘却のための試論 Un essai pour l'oubli　吉田隼人　144ページ／定価：本体 1,900 円＋税／ISBN978-4-86385-207-5

10. かわいい海とかわいくない海 end.　瀬戸夏子　144ページ／定価：本体 1,900 円＋税／ISBN978-4-86385-212-9

11. 雨《ふ》る　渡辺松男　176ページ／定価：本体 2,100 円＋税／ISBN978-4-86385-218-1

12. きみを嫌いな奴はクズだよ　木下龍也　144ページ／定価：本体 1,900 円＋税／ISBN978-4-86385-222-8

13. 山椒魚が飛んだ日　光森裕樹　144ページ／定価：本体 1,900 円＋税／ISBN978-4-86385-245-7

14. 世界の終わり／始まり　倉阪鬼一郎

生まれる前から麻酔をか
けられていたぼくたちは
めざめる夜明けの廃墟

四六判変形／並製／144ページ
定価：本体 1,900 円＋税
ISBN978-4-86385-248-8

15. 恋人不死身説　谷川電話

二種類の唾液が溶
けたエビアンのペット
ボトルが朝日を通す

四六判変形／並製／144ページ
定価：本体 1,900 円＋税
ISBN978-4-86385-259-4

16. 白猫倶楽部　紀野 恵

円かなる白のかたまり
ひとつねむる地球の
芯に吸ひ付けられて

四六判変形／並製／144ページ
定価：本体 2,000 円＋税
ISBN978-4-86385-267-9

17. 眠れる海　野口あや子

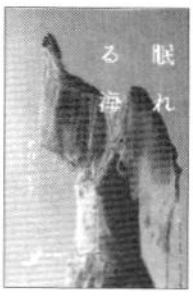

なんてきれい　蓮　半身を
横たえるときは髪からたわみ
はじめて

四六判変形／並製／168ページ
定価：本体 2,200 円＋税
ISBN978-4-86385-276-1

以下続刊